꿈은 나를 세운다

2025
능인고등학교
시 창 작 교 실
시 선 집

꿈은
나를
세운다

學而思 학이사

차례

3부 _ 시창작교실 12반

1부

시창작교실 4반

지지자

김성욱

우리는 이해하지 못하는 과거에
이웃을 가족같이 보고 남을 친구같이 보았기에
밤이 오더라도 두렵지 않았다

변해버린 하늘의 오늘에는
우리가 우리를 잊어버렸으니
서로가 밤을 견디는 데 의지하지 않는다

그러나 이런 우리를 달은 딱하게 여겨
밤마다 자애로운 어머니처럼 울고 슬퍼하여
서른 날 동안 하얀 구슬 같은 몸 흔들어 보이니

비록 내가 전부 바뀌어 버릴지라도
달은 옛날처럼 변하지 않을 것을 알고 있기에
밤이 오더라도 두렵지 않다

시련을 사랑하는 것

김성욱

이 엄동설한의 폭풍에 거짓은 없다
자연의 거대한 섭리에 따라 우리를 삼킬 뿐

우리의 폭풍 속에는
시련이 있고 사람이 있다
우리의 고된 시련 속
오랜 시간을 함께한 것
그 이름은 시련 그 자체이니

우리의 곁에서 함께하는 친구
우리를 고통에 밀어넣는 어머니
이 시련 속에서 미워한 것, 위로해 준 것

나와 네가 함께한 덕분이니
비록 상처를 낸 이더라도
고마움을 담아 인사한다

후회

김성욱

우리는 어머니의 품에서 태어나
일평생을 지난날을 후회하며
죽어 요람으로 들어간다.

학생일 적에는 순수했던 어린 시절을 추억하고
어른일 적에는 여유롭던 학생 시절을 추억하고
노인일 적에는 풍요롭던 어른 시절을 추억한다.

우리는 항상 지난날을 그리워하고 후회하니
우리의 삶은 항상 가치가 있다.

할아버지의 과수원

김예준

할아버지는 바쁘시다.
매일같이 과수원에 가서
마치 손주를 돌보는 것처럼
사과를 키우신다.
그렇게 키운 사과를 나에게 먹으라고
주시기까지 한다.
할아버지가 과수원에 가실 때마다
몸이 안 좋아지시면 어쩔까 하는 걱정이 든다.
같이 과수원에 갈 때는
푸른 산속에 있는 과수원과 맑은 공기가 나를 부르고 있다.
과수원에 들어갔을 때는
큰 사과나무 여러 개가 나를 향해 손을 흔들고 있다.
이런 과수원을 보면
할아버지가 정말 힘들어 보이기도 한다.
할아버지 집에 갈 때마다 계속 보는 과수원
나도 할아버지를 돕고 싶은 마음이 산더미지만
아직은 어려서 가만히 있으라 말씀하시는 할아버지
언젠가는 나도 할아버지를 도울 수 있는 날이 올까?

노력

김예준

학교를 갔다가
학원을 마치고 돌아온다.
쉴 시간도 없이
다시 책상에 앉아 공부를 시작한다.
하고 싶진 않지만 포기할 수 없어
정신을 차리고 다시 공부한다.
언젠가는 쉴 수 있겠지?
언젠가는 끝이 보이겠지?
그저 희망이 보이길 바라며
나는 계속 공부한다,
끝이 보이는 날까지 계속.

두려움 뒤의 행복

김예준

행복보다는 두려움이 먼저 다가간다.
나는 물러나지 않는다.
오히려 두려움과 싸운다.
그 두려움이 얼마나 크든지 상관없이
나는 계속 싸운다.
언젠가는 끝나겠지라는 마음으로
나는 계속 싸운다.
두려움이 나에게서 사라질 때까지
나는 계속 싸운다.
결국엔 두려움을 이겨냈다.
그 뒤엔 마치 불꽃 같은
작은 행복이 내 마음속에 들어왔다.

스승의 날

김제겸

한 다발 꽃보다
할 말 한 줌 들고 섰다

당신은 예전처럼 크게 웃어주었고

그때는 몰랐던 말들이
씨앗처럼 내 안에 묻혀
시간의 흙을 지나
이제야 싹을 틔운다

나는 예전보다
조금 더 단단해져 있었다

설거지

김제겸

아무도 없는 텅 빈 집
정적이 흐른다

남은 것은 부엌의 설거짓거리들과 나

아까 전에 엄마에게 했던 말이
미안하고 후회스러워일까?

왠지 모를 의무감에
괜스레 고무장갑을 껴 본다

거북이

태양이 따갑게 내리쬐는 아침
땅거미 지는 저녁에도

빼곡한 활자로 채워진
이백여 장의 종이가 겹쳐진
열 권 남짓의 짐들

등에 지고 나는 걷는다

어느덧
무엇을 위해
또 무엇이 나의 짐인지도
모두 잊어버린 채로

나는 걷는다

나의 길

김주원

그 길은 멀고, 험한 길
하지만 나는 걸어간다.

주변의 속삭임과 유혹들이
내 발걸음을 멈추려 해도
나는 걸어간다.

길은 외롭고
바람은 차가워도
나는 알고 있다.
내가 가는 이 길 끝에
내가 찾던 빛이 기다리고 있다는 것을.

주변의 유혹이 아무리 강해도
내 꿈을 향한 발걸음은 멈추지 않는다.

강자

김주원

나는 강자다.
약한 사람들을 도와주었다.

나는 강자다.
비겁하게 상대방을 속이지 않았다.

나는 강자다.
누군가를 지킬 강력한 힘이 있다.

나는 강자다.
사람들에게 감사를 받고 존경을 받는다.

하지만 나는 사실 약자다.

나는 약자다.
나 자신을 도와준 적이 없다.

나는 약자다.

나 자신을 속이고 감추었다.

나는 약자다.
나 자신을 지킬 힘을 남들에게 주었다.

나는 약자다.
나 자신에게 감사받지 못하고 상처를 주었다.

진정한 강자는
자기 자신에게 사랑받고,
존경받고,
인정받는 사람이다.
나는 나 자신보다
남들의 시선만 더 신경 썼다.

그러니 나는 강자가 아니다.

부모님

김주원

부모님은 내 삶의 등대
어두운 바다에서 길을 잃지 않게
반짝이는 빛으로 나를 인도하신다

폭풍이 몰아쳐도 흔들리지 않으시고
차가운 밤에도 따뜻하게 비춰주신다

어디로 가야 할지 모를 때
그 빛을 따라 나는 나아가며
부모님의 사랑 속에서
항상 편안함을 느낀다

부모님은 내게 영원한 등대
그 빛이 영원하길

등굣길

남주영

아침의 공기는 아직 말을 걸지 않는다.

버스 정류장에 모인 숨결들이
각자의 시간을 움켜쥐고 서있다.

신호등이 초록으로 바뀌는 순간
하루가 나를 앞으로 밀어낸다.

구두 소리, 운동화 소리 사이에서
나는 오늘의 나를 신고 걷는다.

창가의 자리

남주영

창가에 앉으면
세상은 한 칸 느려진다

밖으로는 구름이 지나가고
안에서는 시간이 쌓인다

필기구 끝에서 멈춘 생각들이
유리창에 잠시 비쳤다가

다시 내 안으로 돌아온다

오후 네 시

남주영

오후 네 시는
아직 끝나지 않은 하루와
이미 지친 마음이 만나는 시간
책상 위 그림자는 길어지고
집은 아직 멀다

라면

박준협

엄마 아빠가 모두 일하러 나가시고
혼자 집에 있을 때

점심으로 라면 먹을 생각에
벌써부터 기분이 좋아진다

수학 문제 풀이는 느려도
라면 준비는 누구보다 빠른 나

물에 풀어지는 라면스프와 함께
내 스트레스도 풀린다

후루룩 소리를 맘껏 내며
나 홀로 집에서 즐기는 라면
어느새 라면 국물까지 다 먹어버렸네

설거지는 귀찮아서 내버려뒀더니
어느새 엄마가 돌아오셔서

냄비를 보고 잔소리를 시작하신다
아아, 라면보다 매운 엄마 잔소리

새벽빛

박준협

잠이 오지 않는 밤
답답함을 달래고자 산책을 나선다

아무도 없는 거리에서 혼자 에어팟을 꽂고
여기저기서 새어나오는 새벽빛들을
내 눈 속에 담아놓는다

그중에서 가장 멋진 빛은
밤하늘 위 먼지처럼 작은 별들의 빛

가장 작지만 가장 멋있는
그 새벽빛을 바라보다
오늘도 생각에 잠겨 집으로 돌아간다

26

두고 온 것들

박준협

삶이라는 언덕을 넘어오면서
나는 꽤 많은 것들을 두고 왔다

고개 하나를 넘을 때마다
호랑이에게 떡을 빼앗긴 오누이 엄마처럼

초등학교를 지나오면서
세상을 아름답게 바라보던 순수함을

중학교를 지나오면서
나를 솔직하게 드러내 주던 진실함을

고등학교를 지나오면서는
내 주위를 감싸주던 사랑을 잃어버렸다

두고 온 것들은 다시 찾을 수 없기에
추억이라는 이름으로 우리를 위로하지만
그래도 아쉬워서 오늘도 어릴 적 나를 추억해 본다

고귀한 너에게

변유준

내 어릴 적 너와 나는
똑같이 웃고 똑같이 울었지
너와 나는 동일한 명도와 색채였으며
섞여도 아름다운 서로의 것이었지

통탄할 시간 지나고
나는 그 색채를 잃어버렸으며
누구와도 섞일 수 없게 되었다

하지만 너는 섞이지 않아도 빛나고
그 빛 또한 너무 황홀하여
고귀한 존재가 되었다

내 유일한 밝은 면
내면의 유일한 행복은
다 너에게서 비롯되었으며
너를 잃은 나는
고귀할 수 없다

무한한 별들이여

변유준

밤하늘 오로라 속엔
셀 수 없이 많은 별들이 있다

그 별에 닿을 수도
그 별의 목소리를 들을 수도 없지만
우리는 안다
그 별들은 무수히 빛나는 것을

무한우주 속
무한히 빛나는 별은
곧 우리의 꿈일지어니

우리가 닿을 수도, 들을 수도 없는
내면의 빛은
무한히 빛날지어다

이름

변유준

우리는 이름이 있다
글자와 뜻이 서로 달라
개인을 상징하는 것이 이름이다

이름의 밭에 있는 꽃들을 보자
한 꽃이 자신의 잎을 뜯어내어
다른 꽃과 똑같아졌다
한 꽃이 다른 꽃에게 눌려
잡아먹히고 있다

둘 모두
자신의 꽃봉오리는 잃고
존재가 사라진 것이다

왜 우리의 이름은
다른 이름에게 종속되고 있는 것인가?

왜 우리는

우리의 이름을 잃는 것인가?

왜 우리는
우리가 아니게 되는 것인가?

위트와 패러독스, 박제

장효준

날개를 펼치지 못한 사내가 있다고 하다만, 그것이 박제된 것인가. 그것은 그저 활공하지 못한 한 사내의 이야기다.

그저 바둑판 위에 장난삼아 위트와 패러독스를 늘어놓던 그것은 박제된 것인가. 그것은 살아 숨 쉰다.

탈레스소크라테스피타고라스플라톤아리스토텔레스칸트헤겔루소홉스쇼펜하우어니체마르크스비트겐슈타인. 모두 살아 숨을 내쉰다. 들이마시진 않는 체이다.

나는 어떤가? 한 사내인가? 살아있나? 숨을 쉬는가, 들이마시는가?

이상 이상을 이상향으로 보는 이상이었나?
박제되었구나.

나는 글자와 종이로 위트와 패러독스를 바둑판에 포석처럼 늘어놓는 것엔 영 재주가 없다.

그러나 아직은 살아서 숨을 쉬고 내뱉는다.

이만하면 충분하지 않은가?

내 생각과 삶에 내려놓은 위트와 패러독스는 아직 끝나지
않았다.

소년의 사랑

장효준

한 소년이 있다. 그의 마음엔 사랑과 현재가 있다.

그는 다섯 명을 좋아한다. 그러나 그중 이성은 두 명이 있다.

한 소녀가 있다. 그녀의 마음엔 꽃과 현재가 있다. 그 모습은 한 송이의 꽃이었다.

소년은 꽃이 좋았다. 같이 있기만 해도 좋았다. 냄새만 맡아도, 보기만 해도, 만지기만 해도 좋았다. 그것은 사랑인가? 적어도 그땐 아니었다. 그저 좋아함에도 족할 것이었다.

한 소년이 있다. 그의 마음엔 꽃과 사랑과 과거가 있다. 꽃은 시들었다.

한 소녀가 있다. 그녀의 마음엔 동백이, 과거와 현재가 있다. 꽃은 개화된 모습이 찬란하다. 과거를 양분 삼은 꽃은, 동백은, 마음은 사랑을 피운다.

내가 있다. 나의 마음엔 초라한 외로움이 서려있다. 독기가 있다.

소년과 소녀는 서로를 이끌었다. 그러나 꽃이 시들듯이 소년과 소녀는 끝을 맺는다.

소녀는 소년을 이끌었지만, 그는 그녀를 이끌지 못했다.

아직 내게 만회할 기회가 있을까. 양분이 될 수 있을까. 나는 후회한다. 두 소년은, 아니 세 명의 소년은 후회한다. 슬퍼한다.

두 사내가 있다. 세 명의 사내 중 한 명은 이미 떠났다. 아마 이상일 것이다.

한 사내는 날개를 폈다. 한 사내는 날개를 펴지 못하였다. 그러나 후회하지 않았다.

두 사내는 나를 이끌었나? 틀림없는 사실일 것이다.

박제되었던 이상은 날개를 펼쳤고, 죽은 예수를 발견한 사내는 다리를 곧게 세웠다.

그들 모두 사랑을 겪었다. 한 사내는 폭력을, 한 사내는 상실감을. 아, 시련이다. 숙명이다.

이것은 숙명이다. 날개를 펼치고 다리를 세워 날아가는 독수리가 되기 위한 여정이다. 눈앞에 있는 독수리가 뱀에 물려 눈을 뜨지 못하게 하도록 하는 시련이다.

내가 있다. 결연하다. 이것은 틀림없는 사실이다. 사랑은 존엄한 시련이다.

나는 그들과 하나가 되고자 했다.
그러나 그것은 빛으로 인해 눈이 먼 독수리구나.

일어서자. 날개를 펴자. 그것이 이상이다.

이상이었다.

국밥

장효준

정신이 어지러울 때 먹는 국밥은 각별했다.

나는 이따금 내 둘도 없는 친구와 먹곤 했는데 그게 위로였다.

나는 그와 나눈 대화가 좋았다.

우리는 서로를 잘 안다. 그것이 위안이다.

내가 죽을 즈음의 그의 전화는 신의 축복과 같다. 정말이다. 이보다 좋은 구원이 있을까.

속상할 때 먹는 국밥은 눈물에 의해 양이 많았다. 우린 그럴 때면 말없이 밥을 먹고 산책을 했다. 무조건 그랬다.

그것이 우리의 우정이고, 사랑이다.

서로의 사정을 술로 삼아, 마시듯이 먹는 그 국밥은 위로였다.

가끔은 국밥을 먹고 또 먹기도 했다.

그것은 이상했지만, 국밥을 먹고 수육을 먹곤 했다. 우린 이상하지 않았다. 그것이 친구니까.

내가 힘들어도 의지하는, 서로를 알기에 침묵하는 그 우정은 각별하다.

우린 서로의 날개다. 혼자서는 힘들어도, 같이 있으면 자유롭게 날아다니는 새처럼 자연스러웠고, 좋은 것이었다.

주식

물결 같은 차트에 희망과 두려움
숫자에 숨은 꿈을 찾아 헤매고
마이더스와 마이너스의 교차점
오르락내리락 인생의 축소판
신뢰로 이룬 숫자에
신뢰로 바뀐 마음
어김없이 시작된 문제

새벽

한성진

걱정과 상념이 사라지는 시간
고요한 사물들과 아주 작은 시계 소리

정적인 공간에 내 그림자가 드리우고
투명한 소리에 내 마음이 비치고

진짜 나를 생각하는 시간

버블

한성진

모두가 버는 세상
언젠가 다시 돌려줄 것
모두가 알 수도 있지만
오늘은 아니라고 믿으며
나는 아닐 거야 믿으며

상승은 쌓이고 하락은 무너진다
뜨거운 버블 속 내용을 채우고
식히고 쉬어갈 때가 아닐까?

작은 새의 노래

황윤종

아직 춥지만
새 한 마리가 노래를 시작한다.

겨울 끝자락에서도
봄은 기다림의 모양으로 피어난다.

누군가의 하루가 무너져도
누군가의 새벽은 다시 열린다.

작은 노래 하나가
세상을 바꾸진 못하겠지만,

오늘을 건너는 힘이 된다.

골목길

황윤종

좁은 골목을 천천히 걷는다.
돌담 너머로 고양이 한 마리,
햇살에 눈을 가늘게 뜬다.
발자국마다 추억이 깃들어
어디선가 엄마의 부름 소리가
바람 따라 들려오는 것만 같다.

별에게

황윤종

밤하늘을 오래 올려다보다
작은 별 하나에 마음을 걸었다.

멀리 있어 닿을 수 없어도
그 빛은 나를 향해 흔들린다.

언제나 그 자리에 있는 위로,
말 없는 별이 내게 속삭인다.

부모님

김호연

내 힘으로만 가는 줄 알았는데
내 힘으로는 가지 않았구나
오르막길에서 나를 밀어주는 사람이 있다
내가 해준 것 하나 없는데
나를 계속 도와주네

이제는 내 힘으로 오르막을 오를 때
더 이상 나를 밀어주지 않아도 된다

왜 밀어주지 못해 아쉬운 맘뿐인가
충분히 도왔는데…

겁쟁이

앞일이 두려워
뒷일이 두려워
지금의 나는 겁쟁이

지금이 두려워
사람이 두려워
나는 변하지 않는다

내일이 되면 사라질 그림자에
불을 비추고 있네

46

가장 오랜 친구

김호연

낮밤을 가리지 않고
너를 볼 때
나는 편했어

내 얼굴을 빛내주는 것은 너였어
행복하구나, 나의 친구여

내 친구의 이름은 스마트폰이다

시간의 흐름

박건우

시간이 흐른다
느렸던 시간이
그랬던 시간이
갑자기 엄청난 속도로 흐른다

게임만 하면,
잠을 자기만 하면,
시험기간만 되면,
시간은 빛이 된다

아침 종소리

박건우

운동장 끝에서
태양이 공처럼 튀어오른다.
종소리가 골목을 따라
아이들의 발소리를 부른다.

가방 속엔 책보다 꿈이 더 많고,
눈빛엔 하루의 시작이 담겨있다.
친구들의 웃음이 번지고,
오늘이란 수업이 시작된다.

공책 위의 바다

박건우

하얀 줄 사이로
파란 펜이 흘러나간다.
단어 하나, 문장 하나,
조심스레 노를 젓는다.

지우개 가루는 하얀 파도,
생각은 바람을 닮아 흐른다.
그 길을 따라 나는 흐른다.

오늘

박준성

어느새 해는 지고,
나는 아무것도 남기지 못했다
커피는 식고,
창밖의 바람만 바뀌었다
무심히 흘린 시간들이
책상 위 먼지처럼 쌓여간다

무엇을 바랐는지도 잊은 채
손끝만 바쁘게 움직였던 하루
남은 건, 한 줄의 한숨과
다시는 오지 않을 오늘이라는 시간뿐

개 같은 아침

박준성

창문 틈으로 스며든 빛이
나를 깨운다, 그러나 나는 아직 어둡다
알람이 몇 번이나 울려도
내 마음의 시계는 멈춘 채

이불 속 온기만이
유일한 피난처가 되어
세상의 소음이 닿지 않기를 바란다

눈을 뜨면 다시 흘러가겠지
미뤄둔 과제, 쌓인 하루, 반복되는 한숨들
나는 살포시 눈을 감는다
깨어있지 않는 것 오늘의 유일한 위로라서

무게

박준성

한 송이 꽃을 꺾었을 뿐인데
내 손이 이렇게 무겁다
봄의 숨결이
이토록 무거운 줄 몰랐다

용서

성동욱

이때까지의 모든 잘못을
무마시킬 수 있는 한 가지 방법이
존재한다면
누군가 나에게 알려주면 좋겠다.

내가 나 자신을 용서하고
사랑할 수 있게 해줄 방법이
존재한다면
누군가 나에게 알려주길 바란다.

가면

성동욱

나는 가면을 쓰고 있지 않다
나의 집에는
단 하나의 가면도 존재하지 않는다

가면을 쓰지 않는 삶
나의 맨얼굴을 보여주는 삶
솔직하고 가식적이지 않은 삶
나는 그것이 진정한 삶이라고 생각한다

사막

성동욱

나는 사막 한가운데 서있다.
물을 찾아보려, 휴식처를 찾아보려
아무리 애를 써도
소용이 없는가 보다.
나에게는 그 흔하디흔한
나침반조차 없다.

그래도, 어찌 될 줄 몰라 혹시라도 걸어본다.

물 한 모금

임도균

물 한 모금 속에

하늘이 잠겨있다

나는 그 하늘을 마시며

잠시 파랗다

등급

임도균

1등급부터 9등급까지 만들어지는 고기들
총 12년간의 제조 과정을 거쳐온 고기들
그중에는 좋은 고기도 안 좋은 고기도 있다
좋은 고기는 사람들의 다양한 관심을 받으며
어딘가로 팔려간다
반면 안 좋은 고기는
썩어간다

돼지우리 같은 곳에서
등급이 다인 이곳에서
우리는 몇 등급의 고기가 될지
너무 두렵다

벽

나는 언제나 벽을 밀어냈다
언제나 미워하고 짜증 내며
나를 가두는 것인 줄 알았다

하지만 벽이 허물어지고서야 알았다
세상으로부터 나를 지켜주는 벽이란 걸
나만을 사랑해 주고 바라봐 주는 벽이란 걸

우리는 잃고서야 깨닫는다
그리고 이렇게 말한다
사랑한다고

야행가

추운 듯 시원한 바람이 까만 밤거리에 들리면
저 높이 뜬 달이 내게 말하네요

오늘도 수고했다고

경치라고 할 거 없는 경치가 느껴지며 생각하길
이게 아늑함이고 좋은 행복이라고요

진심

정은찬

무언가에 진심이면
그것에 빠져도 보고
즐기고 사랑할 수도 있어요

그러다 마음대로 안 되면
슬프고 울적하고 때론 화가 나고
한탄스러울 수 있지요

푸른 하늘 높건만
이렇게 사는 것 가소롭지요
아니면 원래 세상이 이러한 거겠지요

가을 저녁, 밤

정은찬

해가 꺼지고 쌀쌀한 추위가 찾아오면
집은 화롯불 되어 나를 녹여준다

알 수 없는 향에 대나무 그릇과
그 안에 따뜻한 온기를 담은 식사를 생각하는데

창가를 보면 바람에 휘말려 휘청이는
불씨가 있는데…
꺼질듯한데 결코 꺼지지 않는다는 걸
알 수 있었다

이제 잠겨지고 희미해지고 사라지거나 잃어버려질 건데
새싹은 언제 돋아나는가?

수학여행

친구들과 처음으로
낯선 땅을 밟아본 여행

교토의 풍경은
나에게 잊히지 않을
영화의 한 장면과 같은
경관을 선물해 주었고

오사카 밤거리를 걷는
나의 발자국은
붉고 노랗고, 때로는 파란
네온사인 아래
오사카의 거리에 물들었다

살아가면서 겪어본
사뭇 다르지만
하룻밤의 꿈만 같았던
네 번의 일출과 네 번의 일몰

여백의 미

조주영

무언가가 쓰진
흰 종이는
이미 답이 정해져 있지만

아무것도 쓰지지 않은
여백의 종이는
상상하는 모든 것을
펼칠 수 있는 곳이다

하늘은 구름 한 점 없는
푸른 평원이 펼쳐질 때
가장 예쁜 것은 이치요

속세 없는 인간의
평온하고 고결한 마음은
또한 여백의 미이니라

생

조주영

인생은 흘러가는 강물처럼
불어오는 바람처럼

곧게 선 나무는
뿌리가 정한 그곳을
죽을 때까지 살아간다

인간도 다를 바 없다
한 번뿐인 인생은
만물이 모두
스쳐 지나간다

인생은 흘러간 강물처럼
스쳐간 바람처럼

그림자

최태윤

내 발밑에 살던 친구여
해를 등지고 항상
눕듯이 나를 받치던 친구여
다른 빛이 가득할수록
나를 선명하게 보여주던
나의 오래된 벗이여
발만을 맞댔지만 마음을 맞댄 듯
서로를 의지하고 도와주고 애정하던
나의 옛 벗이여

지금은 삭월(朔月)인 밤이니
그리운 벗이 보이지 않으니
시간이라는 어둠에
인연은 한 줄기의 빛만도 못한 것인가?

아아, 먼 훗날 유명을 달리할 때
그리운 벗과 다시 발을 맞대리라
주마등 아래에서

세속동화 世俗同化

세상을 사랑하던 아이는
토양에 싹을 튼 식물처럼
구름을 솜사탕이라 부르고,
해바라기를 태양이라 부르고,
눈을 방울솜이라 불렀다.
흙빛 세상 속 그 아이 눈엔
백구(白鷗)가 있어 채운(彩雲) 속을 날아다녀
아래 만물이 행복하듯 춤을 추었다.
그 아이는 이제 궂은비에 색이 씻겨진 듯
구름을 구름이라 부르고,
해바라기를 해바라기라 부르고,
눈을 눈이라 불렀다.

빛을 내던 그 아이 눈엔
색은 어디 가고 공허만이 남았으랴
백구는 어디 가고 먹구름만이 남았으랴
궂은비 속 흘리는 눈물이 되어
세상을 증오하는 어른이 되었구나.

롤러코스터

롤러코스터는 한 번 타면
멈추지 않는다.
내 생각 기대도 뛰어넘는 속도로
주어진 길을 따라
공포의 환호를 내지르며 달린다.
침묵을 깨는 그 소리는
두려움의 승화일 것이다.
가끔은 앉기보다 일어서고 싶다.
가끔은 걷기보다 뛰고 싶다.
롤러코스터처럼
멈추지 않는 심장을 가진 네가
세상을 향한 두려움의 환호로
가로지르는 것을 나는 보고 싶다.

2부

시창작교실 8반

도시

강서우

버스 창 너머 스치는 사람들
각자의 하루를 안고 걷는다.
빨간 신호등 앞에서 멈춘 마음도
초록 불빛에 다시 움직인다.
이어폰 속 작은 위로처럼
일상은 음악이 되어 흐르고
분주한 이 도시 한복판에
나도 조용히 녹아든다.

바람

강서우

잔잔한 나뭇잎이 흔들리며
바람이 노래를 부른다.
소리도 색도 없지만
마음이 먼저 알아차린다.
구름은 천천히 흘러가고
햇살은 등을 토닥인다.
잠시 멈춘 이 순간이
세상에서 가장 따뜻하다.

별

강서우

가장 어두운 밤이 오면
별은 더 선명히 빛난다.
길을 잃은 듯한 이 순간이
사실은 시작일 수 있다.
넘어지면서 배운 것들이
조용히 등을 밀어주고
마침내 고개 들어 본 하늘
그곳엔 나의 내일이 있었다.

그늘의 속도

강승우

햇빛이 네 어깨를 스칠 때
나는 뒤따라오는 그늘의 속도를 보았다.

붙잡히지 않으려는 마음은
언제나 빛보다 느리게 움직였다.

그래서 우리는
종종 서로를 놓치며 자라는지 모른다.

밤의 주파수

강승우

불 꺼진 창문마다
각자의 파장에 흔들리고

너와 나의 말들은
닿을 듯 말 듯 공중에서 머물렀다

가만히 귀 기울이면
서로가 보내던 신호가
아직 사라지지 않고 낮게 울리고 있다

골목

낮은 담장 아래 고양이 한 마리가 졸고 있다

지나가는 바람도 발소리도 숨을 죽인다

이 골목엔 시간조차 느리게 걷는다

원하지 않은 전장

강지훈

돌로 쌓은 거대한 그릇 안에서
사람과 짐승이 서로의 눈을 바라본다.
칼도, 이빨도, 모두
누군가에게 쥐여준 빛처럼 무겁다.

함성은 파도처럼 밀려오지만
그 누구의 마음도 움직이지 않는다.
싸움을 원하는 건
단 한 명도 없다는 사실이
모래 위에 길게 드리워져 있었다.

사람은 말없이 방패를 내려놓고
사자는 조용히 발톱을 움켜쥔다.
그들의 주저함은
잔혹함을 요구하는 세상을 향한
오래된 항변이었을까?

그러나 관중석의 그림자는

그 절규를 들으려 하지 않는다.
누군가가 정해준 규칙이
피의 흐름을 살인의 의지로 오해하게 만들었다.

싸움을 거부한 자들이
끝내 쓰러져야 하는 곳,
그곳이 바로
우리가 오래도록 외면해 온
사회라는 이름의 콜로세움이었다.

나

강지훈

물결 아래 달이 잠기고
빛보다 먼저 내 눈이 뜨였다
밤이여,
너는 아직 나를 모른다

디지털 너울 속 고독

강지훈

화면 너머 손끝에 맺힌 빛
손으로 잡으려 해도 사라지는 파장
내 몸은 고요한 방 안에 갇혀 있다

모르는 동안

잠을 설치는 동안
온갖 생각이 떠오른다.
언제 잠이 드나.
도무지 알 수가 없다.
아침까지 깨있을 듯도 하다.

결국 잠이 들지만
전혀 느껴지지 않는다.
아침에 일어나고 나서야 안다.

성장하는 동안 정말 기약이 없다.
언제 상상대로 되나.
영영 그대로일 법도 하다.

진짜로 자라는 동안
우리는 잘 모른다.
그러다가 깨닫는다.
우리가 달라진 것을.

칠금칠종

권현우

친구들과의 실험 프로젝트에서
실패하고, 수정해서 다시 해도 실패하고,
일곱 번 정도 했던 것 같다.
마지막에도 우리끼리 해서는 실패했지만
선생님의 도움으로, 완전 다른 방식으로 성공했다.

연의는 공명이 맹획을 일곱 번 사로잡고 일곱 번 놓아주어
교화했다고 전한다.
촉한의 입장에서는 칠종칠금이지만
남만의 입장에서는 칠금칠종이다.
언제나 제갈량은 뛰어난 사람
맹획은 방해되는 바보쯤으로 느꼈는데

남만왕 맹획에게 처음으로 공감하는 순간이었다.

속초항에서

권현우

가장 밝은 것이 없을 때
모두 다 감춰져 있는데
감춰진 가운데 흘러나오는
야밤의 잔잔한 음악 소리

고단한 어선의 귀환에
명월은 팔을 활짝 벌리고,
등대는 부지런한 손짓으로
사람들을 함께 불러 모으니,

작지만 따뜻한 빛에 싸여
땅과 바다의 시간이 만나네

빈 우체통

김규민

나는 섬에 있다.
주변에 아무도 없다.

오직 우체통 하나만이 있다.
친구들의 편지가 오는 우체통 -

하지만 편지는 좀처럼 오지 않는다.
우체통은 매일 비워져 있었고
그러므로 열어보는 것조차 시간 낭비다.

나는 섬에 있다.
주변에 아무도 없고
편지는 오지 않는다.

이제는 사라진 곳에서

친할머니 집에 가자 -

이제는 없어진
친할머니 집에 가자

그곳은 지금 허허벌판이다
곧 현대식 건물이 들어설 것이다

하지만 무참히 갈려버린 그곳에서
찢겨진 추억 몇 장을 찾을 수 있다
그것을 모으다 보면 -

명절에 오순도순 모여서 친척들과 이야기하고
때때로 비디오 게임을 하는 모습이
그려진다

무엇보다도
가을에 누렇게 변한 논들이 펼쳐진 모습 -

앞에 아무것도 가리지 않아서

더더욱 좋다

밤하늘의 별

고개 들어올리는 것을 좋아했었다.

그곳, 밤하늘에는
반쩍거리며 나를 반기는
별들이 있었기 때문이다.

반짝이는 점들은
이 드넓은 하늘에 박혀있어
고개를 왔다 갔다 해서 보는 재미가 있었다.

까치발을 들어
저 점들이 어떻게 생겼을지
조금이라도 더 알아보려 애쓰던 날…

지금 나는 고개를 들어올리지 않는다.
보이는 것은 땅바닥뿐이다.

고개를 왔다 갔다 할 필요 없이

바닥과 정면만 바라보면 되었다.

언젠가 다시 스스로
고개 들어올릴 날이 있겠는가?

교실의 오후

김동률

칠판은
오늘도 가득 찼는데
내 노트엔
선 하나만 남았다
집으로 가는 길

속도

다들 앞질러 가는데
나는
멈춰서
내 숨이
나를 따라오는지
확인했다

밤의 질문

김동률

불을 끄면
하루가
나에게 묻는다.
오늘은
너였냐고?

고개

김민재

고개 들어야 한다.
당장 눈앞의 돌부리가 두려워
발밑만을 보는 자.

한때
앞만을 보고 달린 이의 몸에는
그의 어깨를 짓누른 힘만큼
파인 흔적들이 있다.
발밑을 보지 않은 대가로
차가운 바닥에 걸려 넘어질 때마다
울컥울컥 토해낸 핏덩이가
달려온 발자국 하나하나에 굳어
거칠었던 그의 숨결이 서리 맺히었다.

발밑만을 보는 사회에서
가장 숭고한 것은
피 흘려 만든 서리꽃이다.

안전가옥

김민재

알레르기의 계절, 마스크를 끼면
꽃 시들 즈음에도 벗기 두려워져
마스크야말로 안전가옥의 역할을 약 대신 한다.
벗어나는 순간 내 몸의 반응이 걱정되며
등줄기를 적시는 식은땀이 우려의 분위기를 돋우는 상황.

무엇이 무서워서…

패색 짙은 이의 벙커는 감옥이다.
스스로와의 싸움에서조차 패배한 이
안에서 죽지 밖에서 안 죽는다.
그의 모습은 전혀 닮고 싶지 않아
발버둥칠 수 있는 용기야 샘솟아라.

알레르기 또한 내가 나를 속이는 것
나와의 전투는 매해 봄마다 일어나니
도대체가 휴전이란 것은 안전가옥에서만 이뤄지는 수가 있
을까?

나는 언제쯤에야 꽃밭에 찾아갈 수 있을까?
안전가옥에선 닿으려야 닿을 수 없는 그곳으로…

칠판

김민재

수업이 끝나고
문득
다 지워져 깨끗한 칠판에 들어가고 싶을 때가 있다
수많은 글자가 또각또각 눌러 짓이겨져도
여지없이 푸르름을 회복하는,
평면의 풀밭

누군가는 울퉁불퉁한 세상에서
구르고, 부딪치며, 뼈를 깎고, 몸을 갈아넣는다
세상이라는 거대한 돌밭을 밟고 있는 나는
모난 눈과 각진 입과 날카로운 귀를 만들었다

모든 것이 회복되는
2차원의 세계로 들어가
이목구비를 다시 그리고
초록빛 들판에 누워
나의 빛을 칠해봐야지
돌밭에서도 나는 여전히 나이기 위해서

운동장 모래

김승환

비가 오면
넓디넓은 우리 학교,
물바다가 되어버린다.

그런데 이상하다.
다음 날 낮에 가보면
그 많던 물은
어디 흘려보내고
언제나처럼 단단해져 있구나.

비가 오면 더 확실히
굳어서 그런가 보다.

그래서 수많은 발이
밟고 흩트려 놔도
멀쩡한가 보구나.

시험

흐르는 적막 가운데 누군가 다리를 떤다

종이 치면 다들 눈만 뜨고,
귀는 닫고 치밀하게 처절하게 싸운다

이것이 침묵 속 이루어지는 소리 없는 전쟁

다들, 잘 버텨주길

겨울잠

김승환

눈을 감았다
뜨지 않으려 감았다

눈을 감으면 마치 잠을 자듯이
모든 게 평온해질 줄 알았다

주위를 둘러싼 모든 게 적막해지고 난 뒤
점차 느껴지기 시작한다

이젠 눈을 떠야 할 때라고
기나긴 겨울잠을 끝내야 할 때라고
웅크린 몸을 펴고 비상해야 할 때라고

어린 맑음

김중서

외출 전 매일 바라보는 엘리베이터 앞 거울
그 속에는 늦잠 자고 피곤한 내가,
친구들과 놀러 나가는 내가,
시험 날 무덤덤한 척하는 내가,
억지로 밝으려 애쓰는 내가 있다.

수많은 내가 있지만
그 아득히 멀리 떨어진 깊은 곳에는

작고, 어리고, 순수한 내가,
다음 날 햇빛이 나를 맞이하길 바라는 내가 있다.
뭘 했길래 머리가 그리 부스스할까?

손에 흙이 묻어도 나만의 작은 성을 만들고
활짝 웃는 나를 위해,
내일은 맑은 햇빛이 나를 맞이하길…

당연한 것에 대한 감사

김중서

아침 단잠을 깨우는 목소리
식사 준비로 바쁘게 들리는 발자국 소리

늘 당연하게 듣던 소리가 떠나갔을 때
집 안에 흐르던 고요한 적막이 내게 말하듯
내 머릿속에서 나 자신이 말한다

당연한 것이었지만
사실 당연하지 않을 수 있음을
그녀의 아름다운 고생이 숭고했음을
당연하던 매일에서 나는 왜 몰랐을까?

기사의 비

김중서

하늘에서 쏟아지는 비가 내리는 밤
희미하게 빗소리가 들려오는 택시 안에는 한 택시 기사가
있다.

반가운 인사로 비의 혼란을 잠재우는 택시 기사
핸들 위 그의 손에선 주름진 고단함이 묻어난다.

운전석 우측에는 아리따운 여성의 증명사진이 담긴 액자가
그걸 바라보는 그의 눈에는 '기사' 의 책임이 빛나고 있다.

아아,
현실에 맞서 소중한 것을 지키는 모두가 기사인 것 아닌가?

가족, 학생, 자신의 신념, 삶의 터전,
그리고 지금 이 순간부터 다가올 미래까지
책임이라는 빛을 마음속에 품고 모든 걸 지키는
땀과 노력의 기사와 세상.

광휘가 흐르는 기사에 대해 모든 것을 알고 있는 듯
하늘에서는 처량한 비가 아름답게 울고 있다.

벼락치기 밤

김창록

책상 위에 엎드린 꿈들은
잠들지 못한 별빛처럼 깜빡인다.
문제집의 그림자 속에서
오늘도 나는 답을 찾는 척

하지만 사실은
내일을 더 잘 살고 싶은 마음을 찾는다.

피곤한 눈꺼풀 사이로
아주 작은 미래가
조용히 나를 비춘다.

쉬는 시간의 하늘

김창록

교실 창 밖으로
잠깐 고개를 내밀면
하늘은 늘 한가하게 흐른다.
나는 매일 숨 가쁘게 달리지만,
저 하늘은 느긋하게 나를 기다린다.
조급한 마음을 내려놓으면
언젠가 저 하늘 아래에서
내 꿈도 천천히 모양을 잡겠지.

성적표와 미래지도

김창록

접힌 성적표를 펼치며
한숨을 꺼내놓았다
종이 위 숫자가
내 인생의 모양을 정할 것 같아서

하지만 문득 깨달았다
지도에 선이 많다고
단 하나의 길만 있는 건 아니듯,
미래 역시
내가 그려 나가면 된다

쇼츠

안도현

오늘 밤 이 좁디좁은 방
나는 오늘도 쇼츠를 내려본다.
하나씩, 하나씩, 계속해서 내려본다.
이러한 허무함이 대체 언제까지인가?
아아, 나는 또 쇼츠를 내리면서
내가 아닌 휴대폰 속의 나와 일체 되네.
이러한 내 모습이 참으로 한심하구나.

오늘 밤 이 좁디좁은 방
쇼츠는 오늘도 나를 내려본다.

적응

안도현

인간은 적응의 동물이다.

이른 아침, 시험장으로 등교하면서
손목시계를 사지 않았단 것을 깨달았다.

시험을 쳤다.

다음 날 이른 아침, 시험장으로 등교하면서
시계를 챙겨오지 않았단 것을 깨달았다.

시험을 쳤다.

다음 날 이른 아침, 시험장으로 등교하면서
시계를 챙겨오지 않았단 것을 안다.
그러나 나는 또 시험을 쳤다.

1년 후 이른 아침, 시험장으로 등교하면서
적응이 인간의 약점임을 깨달았다.
그러나 나는 또 시험을 친다.

커튼

안도현

커튼을 친다.
햇빛이 가려지고 어둠이 덮는다.
서늘하고 오싹하고,
그리고 또 외롭다.

커튼을 연다.
햇빛이 열리고 어둠이 옅어진다.
따뜻하고 포근하고,
그리고 또 행복하다.

커튼을 더욱 연다.
뜨겁고 답답하고,
그리고 또 부담스럽다.

커튼을 친다.
그래서 인간은 만족을 모른다.

다름을 인정하기

양승헌

너는 나와 다르고,
그 다름은 너의 빛

다름을 인정하고,
서로를 바라볼 때
비로소 친구가 된다

나의 언어로 너를 해석하지 않는 것
이해보다 응답이
오늘의 우리 관계를 더 발전시킨다

꿈은 나를 세운다

양승헌

손을 뻗어도 닿지 않는 별처럼
나의 미래는
잡히지 않고, 느껴지지 않는다.

내 꿈은 항상 그 자리에서
도망치지 않지만
나는 자꾸만 뒤로 물러서게 되고
점점 멀어지려 한다.

잠을 줄인 새벽
한장 한장 넘겨진 책들
빼곡한 글씨로 덮인 노트
매일매일 반복되는 일상 속에서
작은 인내들은 나를 목표로 안내한다.

나의 꿈은
나의 미래는
나를 다시 일으킨다.

나는 지금 지나고 있다

양승헌

사춘기,
조용히 나에게 다가와
폭풍을 일으켰다.

내 마음은 파도처럼 출렁이고
어제의 나는 오늘의 나를 모른다.

아이도 어른도 아닌 내 모습으로
기억은 과거를 찾고
주변의 모든 것은 미래를 보라고 외친다.

내 웃음 뒤편에서
선택의 강요 속에서
정답을 찾고 있다.

나는 지금 아프지만
조금씩 발걸음을 내밀어 걸어간다.

흔들린다는 것은
자라고 있다는 것
또 다른 내 모습의 나를 이해하고
다시 달려보겠다.

우정

이무형

교실 사이 책상 두 줄
네가 웃으며 건넨 말에
오늘 하루가 가벼워졌다.

교실 창가에 기대 앉아
서로 말없이 있어도
우리는 충분히 가까웠다.

이른 봄의 호흡

이무형

땅속에서
작은 숨이 올라온다.
얼어붙은 천장을 비집고
새싹이 처음의 세상을 본다.

햇살은 아직 서툴고
바람은 잔설의 냄새를 품고
나도 그 옆에 서서 숨을 고른다.

겨울의 끝과 봄의 시작
생명이 배우는 호흡을
나도 따라 한다.

낙엽의 시간

한때는 하늘을 품었고
햇살을 먹던 잎이
이제는 흙으로 내려간다.

바람은 그 길을 인도하고
나무는 작별인사를 건넨다.

떨어진다는 것은
끝이 아니라
다시 돌아간다는 것.

나는 오늘
조용히 그 말을 배운다.

휴식 시간

장은준

내가 공부를 할 때
연필은 심심하지 않다.
언제나 사각사각
자기 주장을 펼친다.

그러나, 공부가 끝난 후
연필은 심심할까
곰곰이 생각해 보면
연필은 심심하지 않다.

필통 속에서
지우개, 볼펜, 또 다른 연필들과
이야기하며, 휴식을 취하며
다시 그들의 세상 밖으로 나갈 준비를 한다.

날씨의 기분

장은준

날씨는 오늘 기쁘다.
환하게 웃으며 햇빛을 쨍쨍 비춘다.
나에게도 그 웃음이 전파되어
옷을 한 겹씩 벗으며
날씨와 같이 웃고 싶다.
같이 웃고 싶다.

마음속의 꽃

장은준

삶은 때로
고통과 절망으로 다가오지만

긍정의 의미를 발견하는 순간
마음속에 꽃이 핀다

그 꽃을 피운 뒤
주위를 둘러보아
아직 봄을 기다리는 마음이 있다면

햇살이 되어
굳은 겨울을 두드려
함께 꽃길을 걷자

횡단보도

조민건

사람들은 초록불을 기다린다.
각자의 목적지와 각자의 계획들
열 사람의 표정은
유리창처럼 반사되다 사라진다.

도로 위의 소음은 거대한 강 같아서
말을 삼키고
표정을 지우고
호흡마저 귓바퀴 밖으로 흘려보낸다.

손에 쥔 따뜻한 종이컵 하나
그 작은 온기가
나의 이 자리를 증명한다.

불이 바뀌고 사람들은 건너간다.
나는 한 박자 늦게 따라간다.
아니 늦은 것이 아니다.
단지 이것이 나의 속도일 뿐이다.

너만 없는 거 아니야

조민건

너만 없는 거 아니야
운동장 벤치에서
같이 한숨 쉬는 내가 있잖아

남고에는 꽃도 안 핀다던데
우리만 없는 게 아니잖아
교실을 둘러봐도
모두 똑같은 표정뿐

친구야,
봄은 그냥 좀 느리게 오는 중이래
너만 없는 게 아니라
나도 없으니까

끝없는 미로

조민건

시험지가 펼쳐지면
나는 익숙한 미로에 들어선다.
수없이 지나쳤던 길을
또 똑같이 맴돌며
똑같은 벽 앞에 멈춘다.

정답은 저기 있는데
왜 나는 매번
다른 길로 빠지는지
한눈 팔다 돌아보면
흐려진 문제와
희미한 내 집중력.

이번엔 다를 거라고
굳게 쥐었던 연필 끝에
작은 흔들림이 전해진다.
시험지 위 내 다짐은
너무나 가벼워서

작은 바람에도 날아간다.

그래도 오늘은
길을 잃은 자리에서
잠시 멈춰
나를 돌아본다.

이 길을 또 걸었어도
처음 발견한 내 그림자처럼
내일의 내가
다른 선택을 하기를 바라며
다시 한번
미로의 출발점에 선다.

적응

조성빈

도망친 곳에 낙원은 없다지만
가끔 도망치고 싶을 때가 있다.
하지만 그때의 생각은 행하지 않기로 했다.
절벽 둥지에서 태어난 새가
절벽에서 자신을 낳은 어미를 원망하지 않듯이
우리도 우리 그 주변 환경에 원망해선 안 된다.
그리고 도망쳐 봤자
결국 도망친 곳에 적응해야 한다.
절벽 새가 먹이를 찾으러 다니지 않아도 되는
새장 안으로 들어가면
자유롭게 날지 못하는 새장의 현실을
마주하듯이
결국 도망쳐도 의무는 사라지지 않기에
우리는 하루하루 적응하며 살아간다.

연대

조성빈

우리가 아무리 위대해지고 강해져도
세상 전체를 바꿀 순 없다.
그렇기에 우리는 서로 협력하기로 하였고
그때부터 본격적인 역사가 시작되었다.
역사라는 일지에서는
연대라는 것이 얼마나 큰 힘을 가지는지 나온다.
위기를 막는 몇 사람들의 작은 연대부터
사회를 바꾸는 민중들의 연대까지
연대는 역사에서 기적을 보여왔고
또 기적을 낳을 것이다.

환생

조성빈

내가 과학으로 설명할 수 없는 것 중
딱 하나 믿는 것이 있다
그건 바로 환생

누군가는 환생이 삶에서 탈출하지 못하게 하는
절망이라 보겠지만
난 죽음이라는 허무함을 막고
새로운 시작을 암시한다 생각해
환생을 희망으로 여긴다

그렇다고 지금 삶에 의미를 두지 않는 것은 아니다
지금 삶도 자연의 신비가 준
전생의 발전을 기대할 수 있으니까

공부

홍지훈

책장을 넘길 때마다
무거운 사유가 나를 짓누른다.
글자는 검은 파도처럼 밀려와
끝없는 물음표를 던진다.

의심과 지루함이 어깨를 짓누르고
눈꺼풀은 저마다의 무게와 싸운다.
뜻은 헤아리다 길을 잃고
또 다른 길목에서 멈춰선다.

하루

과거
깊은 잠에 빠져 허우적
아침 알람이 요란히 울렸다
씻었다. 양치했다. 밥을 먹었다
버스를 타고 학교로 왔다

1교시 영어
2교시 수학

현재
3교시 지금

미래
4교시
5교시
6교시
학교가 마칠 것이다
학원을 갈 것이다

어제도 이와 다를 바 없었지
내일도 이와 다를 바 없겠지
아마 나는 쳇바퀴 속 햄스터와 같구나

시험

홍지훈

숨을 깊이 들이쉬고,
손끝에 스며든 긴장을 달랜다.

종이 위 흩어진 문제들은
마치 먼 바다의 파도 같다.

준비한 만큼 떨리고
믿은 만큼 흔들린다.

하지만 나는 안다.
이 작은 두려움은
결국 나를 키우는 것임을…

연필을 쥔 손
다시 조용히,
미래를 향해 나아간다.

야자 시간

홍진서

밝은 형광등 아래
졸음과 맞서 싸우며
미래라는 단어를 공책에
조용히 베껴 쓴다

꿈

홍진서

고요한 밤하늘
밝은 별 하나
조용히 책에
간직해 두었다

언젠가 펼쳐질
나만의 이야기

삶의 안식처

홍진서

집은 돌아오는 길의 끝에 있다.
불빛 하나, 냄새 하나로
나를 알아보는 곳.

말하지 않아도
의자가 자리를 내어주고
침묵마저 편안해지는 곳.

일상

양지훈

지각과 함께 정신없는 아침
피곤하다라는 말로 하루를 시작한다.

창문 밖과 달리 내 머릿속은 어둡고,
또 꾸벅꾸벅 졸다 하루를 끝낸다.

경주마

양지훈

학생이라면 공부를 해야 한다는,
경주마처럼 내 시선을 가리는 것들
하지만 스스로 가리는 것들을
치울 용기조차 없는 나는
앞으로 나아간다
점점 이 길이 맞나라는 생각이 들 때,
과거에서의 기회를 놓친 것이 후회된다

어디로 가야 할지 몰라도
한 걸음 내딛으면 길이 된다

흔들려도 괜찮다
멈추지 않으면 되니까

틀

양지훈

생판 모르는 사람과 경쟁해
원하는 곳을 가게 되어도
이때까지 12년의 노력이
무엇을 위한 것인지 생각한다.

학교도, 인생도 생각하지 않고,
평범하게 산다며 짜버린 틀에
박혀 살아가고 있는 걸 깨달았다.

3부

시창작교실 12반

해동의 시간

김민혁

오랜 시간을 차가운 냉동실에서 버티며
얼음이 되었다
차갑고 단단해 영원할 것만 같았지만
나를 기만하듯 한 손에 쥐면
순식간에 물이 되어 흘러내리네

이제 그 물들은 다시 차가운 냉동실에서
오랜 시간을 버텨야겠지?
새로운 시간을 버텨야 하는
나처럼

지거나 지거나

김민혁

모두가 나에게 묻는다.
동시에 나에게 책임을 묻는다.
다시 나에게 묻는다.
조용히 바람에 묻어가고 싶다.

또다시 묻는다.
조용히 땅에 묻혀있고 싶다.
그러면 지는 거겠지?

책임을 지거나
지거나…

가끔은 그냥 지고 싶다.

빛이 날 순간을 기다리며

김민혁

교실 구석에 조용히 서있는 너.
그 누구도 눈길조차 주지 않아
붉은 몸덩어리 누가 너의 무게를 짐작이나 할까?
불이 나지 않으면 넌 그저 먼지를 뒤집어쓴 조연일 뿐.
하지만, 화재가 나면 가장 먼저 달려가는 건 너.
네 몸을 바치며 활활 타오르는 불길 속으로 뛰어드는 너.
다시 구석으로 돌아가도 그 누구도 알아주지 않아도
너는 항상
그 자리에서 묵묵히 자신이 빛날 때를 기다리지.
우리도 그래야겠지?
알아주지 않아도 보이지 않아도 누군가에게 필요한 존재.

게임

서윤교

세상이란 게임 속
각자만의 이름으로 만들어진 캐릭터들.
결코 같을 수 없으며
그렇게 다른 것도 없는 각자만의 히스토리.
의심의 눈초리가 오가는 화투판 같은 우리의 대화 속에서
네가 생각하는 것을 내가 생각한다고 네가 생각하는 것을
나는 안다.
우리는 이렇게 서로의 캐릭터를 이해하기 시작한다.
게임 속 플레이어가 되어 땅따먹기하듯
우리의 모든 행동은
게임이었던 것이다.

시

서윤교

시를 쓸 때 나는
마치 윤동주가 된 것 같다
한 줄 한 줄 써가며 써가며
되뇌며 되뇌며 나만의 글을 쓴다
잘하고 있는지 모른다
그저 나의 이야기를 쓸 뿐
하루 중 가장 값비싼 시간일지 모른다
여러 가지 생각을 시에 곱게 담으며
마침표와 함께 시를 마무리한다

시험기간

서윤교

다가오는 시험기간
세상 꺼질 듯 한숨을 내쉬며
밀려오는 불안감
오히려 나는 그런 불안감이 좋다.
나의 원동력, 나의 활력소, 나의 친구,
그는 나에게 최고의 시간을 만들어 줄 것이다.
불안감아,
또다시 내게 힘을 다오.

언덕

신재훈

오른다
언덕을 또 오른다
해를 보기 위해 넘는다
또 넘는다

내일도 언덕을 마주하겠지
고개를 푹 숙인 채 축축하고 어두운 땅을 밟는다
저 눈부신 해를 보기 위해 오른다
가만있어 보니 눈부시구나
왜인지 따스하구나

하늘

신재훈

높고 푸른 하늘아!
높아서 무섭진 않으냐?
곧 아침이 되면 허전하지 않으냐?
또 밤이 되면 무섭진 않으냐?
넌 묘하게 우리를 닮았구나!

별

너넨 다르구나
서로 모여 눈부시구나
재미없이 새까맣기만 한 밤하늘이
어느새 알록달록 찬란해졌구나

투명한 하루

이동훈

햇살은 투명하게 내리고
그 위로 내 마음이 비친다
보이지 않아도 존재한다는 걸
그늘의 바람이 가르쳐 준다

무게

이동훈

아침은 쏟아지듯 시작되고
눈꺼풀은 무겁다.
교실은 종소리에 맞춰 흘러가고
공책 위엔 반쯤 감긴 글자들이 엉켜있다.
점심시간은 한숨만큼 짧고
오후엔 자습이란 이름의 정적이 깔린다.
시간이 없어도 시간은 흐르고
학원과 과제, 빼곡한 일정표 속에서
나는 점점 사라진다.
밤이 오면 침대는 쉼이 아니라 미뤄둔 숙제다.
수면부족, 내일도 오늘과 같겠지?

고요한 방 안, 창문 너머 검은 하늘.
그리고 문득 떠오른다.
나는 무대 위에서 노래하고 싶었다.

머물지 않는 꽃

이동훈

너를 처음 마주한 날,
바람은 네 이름을 속삭였고
내 마음은 작은 씨앗처럼 떨렸다.

햇살 아래 피어난 너를 보며
손을 뻗었지만,
닿기엔 한 걸음 모자랐다.

계절이 바뀌고 꽃이 져도
나는 아직도 그 자리,
머물지 않는 너를 기다린다.

등교

전승호

학교에 닿기 전
아직 잠에서 덜 깬 하늘 아래
교문 앞 나무들은 바람에 몸을 모은다.
책가방 끈을 한 번 더 잡아당기며
'오늘도 해낼 수 있어'라고
말없이 등을 밀어준다.

친구

전승호

쉬는 시간의 떠들썩한 소리 속에서
우리는 서로의 자리로 자연스레 모였다.
누군가는 고민을 털어놓고
누군가는 아무 의미 없는 농담을 던지며
서로의 하루를 조금씩 가볍게 만들었다.

언제부터

전승호

시끄러운 총격
울리는 비명소리
언제부터 이 세상은
피와 총으로 물든 세상이 되었을까?
서글픈 울음소리
쨍그랑 깨지는 식기들
언제부터 이 세상은
사랑과 존중이 부족한 사회가 되었을까?
언제부터 사람들이
작은 기계 하나만 믿고 살아가는 세상이 되고
언제부터 좌석은 두 개인데
사람은 한 명인 소심한 사회가 되었을까?
고작 사람들의 정이 없어졌을 뿐이라는 이유라면
웃는 얼굴을 만들 수 있는 사회는 다시 돌아올 수 없는 걸까?

마른 밥풀

바짓가랑이
소맷자락에
대롱대롱 붙어있다.
저 하찮은 마른 밥풀들
눈비 좀 같이 맞았다고
그새 정들었네.
다음엔 또 어떤 친구가
나와 정을 나눌까?

공허한 우주

최민준

너와 나
한 점으로부터
멀리
더 멀리
뻗어져 나아간다.

같은 궤도를 돌던 날들이
분명 있었는데
이젠 그만 잡고 싶어도
빨리
더 빨리
우주의 팽창처럼
멀어져 나아간다.

아주 가깝게 느껴지던
수많은 추억들 또한
무수한 별들과 같이
저 암흑을 향해 사라진다.

공허한 우주 속에 파묻혀
떠나가는 그의 등을 보며

나는
원망 대신
또 생각에 잠긴다.

트럼펫

최민준

관세 업 관세 다운
지휘자에 맞춰
지휘봉에 맞춰

뿜뿜 뚜비두밤
빰뿜 뚜비두밤

신나는 연주
올랐다, 떨어졌다
떨어졌다, 올랐다

관세 업 관세 다운
지휘자에 맞춰
트럼프에 맞춰

사라ㅇㅁ으로

김승원

사랑은 사랑으로 잊는다
사랑은 사람으로 잊는다
사람은 사랑으로 잊는다
사람은 사람으로 잊는다

이 모든 말들이 사실이더라도
나만의 사랑과 사람은
나의 사랑과 너란 사람으로
아마도
지워지지 않는 붉은 흉터로 남겨질 것이다

정신병

김승원

그래서 그래 난 말이에요
우린 그랬었지
저기 저 고양이 맴맴 기어가요
우는 소리가 슬퍼서요
나도 고양이 좋아요
2026년 11월 19일 오후 6시에 뜬
달이 너무 예뻤죠?
그 달이 절 사랑한대요
진공청소기 위이이잉 저쪽 상현 달
삐꾹삐꾹 슬프게 우는데
그래서 우울해져서 배고팠거든요
우-하하하
왜 수능특강 곰돌이 왜왜 좆같게 웃지?
내 폰 깨진 액정이 몽환의 조각이 되어버린
깨지직해서 저쪽 루시드가
그래서 연락을 주겠죠?
미안해요 재훈 씨
발 좀 주세요

씨발 사랑한다고 여기 니네
어마이 아바이보다 더 큰
흘러넘치다 못해 터진
사랑이 대기 중인데

외로움

김승원

나는 외로움을 오래 사랑했습니다
그늘 아래서 그림자를 안아주듯이
남들이 떠나는 자리 남은 먼지를
내 이름처럼 소중히 부르듯이
그러나 문득
외로움과 우연히 눈이 마주쳤습니다
어느새 우리는 친구가 되었습니다
서로의 어깨에 조용히 기대며
서로의 생각을 말없이 나누며
이상합니다
외로움과 함께 있는데
더 이상 외롭지 않습니다
이제 나는 혼자여도 괜찮습니다
외로움이 내 옆에서
나를 외롭지 않게 지켜주고 있으므로
외로워질수록 외롭지 않습니다

시간의 단면

김정원

시계는 둥근 얼굴로
매 순간을 삼킨다.
우린 그 안에서 도망치듯 걸음을 옮기며
자신이 살아있다고 믿는다.

그러나 시간은 결코 뒤돌아보지 않는다.
어제의 우리는
이미 흘러간 시간 속에 묻혔다.

희망

김정원

절벽 사이 한 꽃
아침이면 틈 사이의
미세의 빛으로 버티고
낮이면 틈 사이의
아침보단 더 굵은 빛으로 견딘다
어둠이 다가오니
한 치 앞 볼 수 없는 어둠 속
풀벌레 우는 소리만 서글프다

하늘 위에 밝은 별이
절벽 틈 사이로 나를
스르륵 안아주어…

바늘

김정원

멀리서 보았을 때
날카로움으로 인식한다
숨소리 없는 이곳
찔리면 사라질
가늘고 얇은 한 친구만이
나의 뜻을 알아주어
내 깊은 마음속으로 들어오네

비 내리는 날

이승훈

비 내리는 날이면
모두가 슬픔에 젖곤 한다.
우리에게 매일 밟히는 땅은
서러움에 비 내리는 날이면
흘러넘치는 물이 고여있고,
이번 시험을 망친 나의
시험지 속 문제들에도
비가 주룩주룩 내린다.

하지만 비 내리는 날
혼자 웃는 나무들
나는 그 나무들이 부럽다.

방학

이승훈

방학이 다가오면
기대가 커지지만

방학이 시작되면
계획을 세우지만

새까맣게 잊은 채
놀기 바쁘네

눈 깜짝할 사이에 다가온
개학
또다시 후회하네

개구리

이승훈

옹기종기 모여있는
개구리알
멀리서 보면 징그럽지만,
가까이서 보면 서로의
품에 기대어 버틴다.
버티고 버텨 깨어난 올챙이
세상 밖으로 나가고 싶다는 듯
다리를 만들어 내
세상 밖에 나와 꿈을 이룬다.

서술형

전재영

인생은 글쓰기가 아닌 서술형 시험
마음대로 휘갈겨 쓰는 것이 아닌
주어진 질문에 나만의 답을 쓰는 것
모범답안은 있을 수 있지만
사람들은 모범답안을 베끼려 애쓰는 것 같다

발산형 경계

전재영

맨틀이 상승해 판과 판이 갈라진다.
양쪽 사람들은 서서히 몸도 마음도 멀어진다.
서로를 이해하지 못해 헐뜯고 싸운다.
누가 옳지도 그르지도 않다.
다만 상승하는 맨틀이 원망스러울 뿐이다.

목적 없는 방황

전재영

나는 그런 시간이 좋다.
허허벌판에서 한없이 방황하는
그러나 방황에 목적이 부여되면
그것은 한없는 추락이 된다.
외부의 강박으로 인해
무기력하게 끝없이 떨어진다.
벗어날 수 없는 영원한 굴레이다.

퍼즐

정경준

넌 항상 연락이 안 된다

나 지금 친구랑 있어
나 지금 엄마, 아빠랑 있어
나 지금 병원에 왔어

다양한 이유로 연락이 안 된다

그럼 나는 하염없이 널 기다린다

그걸 보니
나라는 퍼즐 판은
너라는 퍼즐 조각으로
차있지만
너라는 퍼즐 판은
너라는 퍼즐 조각으로
차있구나

비둘기

정경준

우리 주변의 비둘기
평화의 상징 비둘기

멍청하게 걸어다니네

사람이 다가가도
계속해서
멍청하게 걸어다니네

아 그 멍청함이
사람과 다른 동물이
놀라지 않게 하려고
그런 거구나

너는 멍청한 게 아니라
평화의 상징이기에
멍청한 척하는구나

가을

더운 날들을
보내며
너를 기다리고 있었다
함께 있으면
몸도 마음도 시원해지는
너를 기다리고 있었다

찾으러 가도
없고
기다려 봐도
없고
돌아와 줘
가을

작은 것들

김성호

이 세상에는 작은 것들이 많다
작은 것들은 작기에 보이지 않는다
하지만, 비로소 내가 작은 것이 되었을 때
아버지의 등은 커보인다

민들레를 보면

김성호

어릴 때 읽었던
강아지 똥과 민들레의 이야기가 생각났고
민들레를 보면
저 작은 것이
어찌 저런 곳에서 자랄 수 있었을까 생각을 하였다.
그때는 민들레가 나에게 인사를 하며
홀씨를 날려주기를 원했던 것 같지만,
지금 이 작고 여린 민들레는
나에게 인사조차 할 수 없다.

평범한 삶

김성호

평범한 삶이란
부모님께 받았던 것을 되돌려주는 것 아닐까,
평범한 삶이란
주변 사람들과 행복하게 지내며 칭찬을 주고받는 게 아닐까,
평범한 삶이란
고되고 괴로운 일이 없는 삶이 아닐까,
생각한다.

그리고 평범한 삶을 위해
나는 오늘도 피나는 노력을 거듭한다.

꿈

김혜준

꿈을 꾼다, 상상 가능한 만큼
터지지 마라, 터지지 마라
커진 꿈일수록 터지면
유리 조각처럼 날카롭거든

꿈이 터져도 슬퍼하지 마라
깨진 꿈이 클수록
다시 꿀 꿈을 더 크게 비추거든

간식통

김혜준

오늘도 간식통을 챙긴다.
아침부터 정신없지만
간식통만은 꼭 챙긴다.
챙기지 않은 간식통은
식어가는 밥처럼 그리움을 남긴다.
간식통에서 간식을 꺼내 먹는다.
확실히 간식통의 간식은
시중에서 파는 것보다 따뜻하다.
따뜻한 어머니의 사랑 덕분일까?
오늘도 자식의 발걸음은
그 사랑을 알고 있다는 듯이,
한없이 가볍다.

눈

김혜준

눈이 내린다
하늘에서 내려와
모든 것을 하얗게 덮는 이불처럼
편견 없이 감싸준다

덮인 눈 속에서
천사가 그려진다
팔을 펼쳐 휘저으면
나타나는 천사

아마 누구나
눈 앞에서는
천사가 되는 모양이다

새벽공부

이건후

졸음이 몰려오는 밤
반쯤 감긴 눈으로 한 줄 한 줄 읽어간다.
책상 위 스탠드는 작은 달빛이 되어
공부라는 어둠 속에서
나의 길을 밝힌다.
걱정과 고난들
때로는 벽처럼 앞을 가로막지만
때로는 나를 더 자극시켜 준다.

손에 잡힌 볼펜의 흐르는 잉크처럼
오늘도 나의 꿈을 향해 써 내려간다.
눈꺼풀이 무거워져 페이지를 덮고
결국 잠을 청한다.

새벽

이건후

세상은 아직 잠들어 있는데
나는 아직 깨어있다
밖의 공기는 차갑고
빛은 희미하게 번진다

누군가에게는 마침표
누군가에게는 시작인 새벽
아직 어두컴컴한 시간 속에서
나는 조용히 빛을 기다린다

늦잠

이건후

따뜻한 햇살이 창문 틈새로 스며든다
알람은 세 번이나 울리고
나는 이불 속에서 길을 잃었다
시계는
나만 빼고
부지런히 하루를 시작하고
나는 아직도 어제를 벗어나지 못한다

삐걱이는 의자

조승준

넓지만 좁게 느껴지는 교실
차가운 에어컨 바람
삐걱거리는 의자

비록 1년 후에는 더 이상 보지 못하는
가장 친근한 풍경이지만

12년 동안이나 비슷한 공간에 앉아있었지만
12개월 후면 또다시 그리워질지도 모르지만

유에서 유를 창조하듯
나의 성장을 위해
결국 여기를 떠나야겠지…

빨간 줄

조승준

내가
인생에서 빨간 줄이 그어졌다고 말하면
사람들은 나에게 욕을 퍼부을 거야
날 범죄자처럼 보며
사회에서 도태되게 만들겠지?

근데 말이야
내가
사랑하는 사람과 빨간 줄이 이어졌다고 말하면
사람들은 나에게 응원을 할 거야!

같은 빨간 줄이라도
하나는 지옥이지만
다른 하나는 사랑이야
필연과 인연과 우연 사이에
빨간 줄이라는 다리를 놓으면
새로운 것을 느낄 수 있을 거야

슬픈 꿈

조승준

꿈을 꾸었다.
내 방에서 나오자마자
소파에 앉아계시는 할아버지
할아버지 곁에 앉아
따뜻한 냄새를 느꼈다.

마지막 인사도 하지 못하고
떠나보낸 할아버지를 보자마자
눈물이 쏟아졌다.

꿈을 꾸었다.
아버지가 돌아가셨다.
꿈이라는 것을 알았지만
울었다.
아버지의 손, 아버지의 물건을 보며
아버지를 떠나보내는
슬픔을 느꼈다.

꿈에서 깨어났다.
아버지 생각이 나
하염없이 울었다.
계속 울었다.
일찍 출근하신 아버지와
통화하고 나서야
울음이 그쳤다.

비록 꿈이었지만
나의 마음속에는
뭔지 모를 여운이 남았다.

가장 값진 시간

'시 창작'을 선택하다니

'시 창작이라…'

인문계 고등학교 2학년에 올라갈 우리에게 예술 영역 교과 선택지가 주어졌는데, '음악 감상과 비평', '미술창작', 그리고 '시 창작' 이렇게 3과목이 있었다. 우리 관념 속에 시는 음악, 미술이라는 예술 영역과 같은 선상에 있다고 보기 어려웠다. 우리가 아는 시는 국어 시간에 입시용으로 배우는 문학 갈래 중 하나에 불과했기 때문이다. '시'라는 장르는 우리에게 늘 교과서 속에서 분석의 대상이었고, 정답을 찾아야 하는 시험 문제로 존재하였지, 언감생심 우리가 예술이라는 영역 안에서 창작을 한다고 생각하기에는 버거운 것이었다. 그럼에도 불구하고 세 과목 중에서 '시 창작'을 선택한 이유는 시 창작이 매력적으로 보이기보다는 음악이나 미술 과목에 상대적으로 약하다는 것을 알고 있기에 대안적 측면으로 고른 것이리라. 아니면 시 창작은 그림 그리는 것도, 노래 부르는 것도 아닌, 이름만 들었을 땐 단지 시 몇 편만 쓰면 된다고 생각하여 편하다는 인상을 준 것도 선택에 한몫했을 것이다.

닥치고 시 창작

어쨌든, 시 창작 수업은 일주일에 한 시간, 시 창작이 들어있는 교시마다 시를 한 편씩 쓰는 활동이었다. 능인고등학교 2학년으로서 대입 준비라는 바쁜 일정 속에서 시를 직접 쓰는 수업은 낯설었고, 처음에는 주어진 시간에 그저 형식에 맞춰 몇 줄의 시를 적어 내려가는 일에 그쳤다. 감정을 억지로 끌어내야 하는 것 같았고, 무엇이 좋은 시인지도 알지 못한 채 막막함 속에서 펜을 들었다.

그러나 수업이 거듭될수록 시 창작 수업은 단순히 '시를 쓰는 시간'이 아니라, 우리 자신을 들여다보는 시간이 되어갔다. 선생님께서 매 수업 초반에 들려주시는 시에 대한 이야기들은 시를 대하는 우리의 시선을 조금씩 바꾸어놓았다. 시는 특별한 재능을 가진 사람이 쓰는 것이 아니라, 일상을 살아가는 누구나의 마음속에 이미 존재하고 있다는 것, 시는 잘 쓰는 것보다 솔직하게 쓰는 것이 중요하다는 말은 우리에게 큰 울림으로 다가왔다. 그 말들은 시

앞에 위축되어 있던 우리를 한 걸음 앞으로 나아가게 했다.

시적인 것의 발견

수업 초반에는 대부분의 학생들이 비슷한 고민을 했다. "무엇을 써야 할지 모르겠다.", "이게 시가 맞는지 모르겠다."는 말이 자연스럽게 오갔다. 하지만 시간이 지나면서 우리는 정답을 찾으려 하기보다, 각자의 방식으로 자신의 언어를 찾기 시작했다. 일상의 사소한 장면, 지나쳤던 감정, 말로 꺼내지 못했던 생각들이 시가 될 수 있다는 것을 알게 되자, 시는 더 이상 어렵고 멀게 느껴지지 않았다.

선생님께서는 시에 대한 거리감, 거부감을 줄여주기 위해 여러 가지 가이드라인을 제공하셨다. 시를 잘 쓰는, 유명한 시인들도 시를 쓸 때 오래 고민한다고 말씀하셨고, 일상적인 것에서 시적인 것을 발견하고 새롭게 해석하여 참신한 깨달음을 주는 시가 좋은 시라고 강조하셨다. 선생님의 말씀을 의식하며 시를 써갔는데, 새로운 작품을 쓸수록 창작이 더 수월하게 진행되었다. 다양한 시를 쓰면서 각자만의 방식으로 자신만의 특별한 언어를 시에 녹여내려고 하였다. 창작을 거듭할수록 시가 점점 발전하고 성숙해져 다시 그 시를 보았을 때 좋은 시를 썼다는 만족감과 성취감을 느낄 수 있었다.

또한 단순히 시를 쓰는 것으로 끝나는 것이 아니라 친구들끼리 쓴 시를 공유하면서 좀 더 좋은 소재와 참신한 표현에 대한 영감을 새롭게 불러일으키는 등 시적 감수성도 풍부해졌다. 시 창작 시간에 배우는 시는 교과서, 입시용 부교재 속에 있는 작품을 분석하고 필기를 암기하며 문제 풀이에 대비해야 했던, 고등학교 문학 수업에서 배우는 '시'와는 달랐다. 결국 선생님께서 매 시간 반드시 시를 제출하게 하신 것은 단순히 출석을 확인하는 용도가 아니라 우리가 문학에 대한 '갇힌 사고'에서 벗어나도록 하기 위함이었던 것이다.

학기가 끝날 무렵에 수행평가가 실시되었다. 시 창작 과목의 수행평가는 자신이 쓴 3개의 시를 원고지에 작성하고 스스로 비평하는 것이었다. 한 학기 동안 우리가 생각하기에 가장 잘 쓴 시 3개를 선택하여 비평하는 과정에서 즐거움과 보람을 느낄 수 있었다. 2학기 때에도 1학기와 비슷한 방식으로 수업이 진행되었지만, 차이점이라면 선생님이 시집에서 인상 깊었던 시를 찾아 낭독하는 등 우리가 더 다양한 소재를 다뤄볼 수 있도록, 우리의 표현이 더 다채로워질 수 있도록 도와주셨다. 선생님의 도움과 그동안 시 창작 수업을 들으면서 쌓인 경험을 활용하여 우리는 시 창작 첫 수업보다 발전된 모습으로 시를 더 잘 쓸 수 있었다.

특히 인상 깊었던 점은, 시를 쓰는 과정에서 우리의 감수성이 점점 넓어졌다는 것이다. 이전에는 무심코 지나쳤던 풍경이나 사람의 표정, 짧은 말 한마디에도 의미를 담아 바라보게 되었다. 같은 하루를 보내더라도 그 하루를 바라보는 시각이 달라졌고, 이는 시 수업을 넘어 우리의 일상에도 영향을 미쳤다. 시를 쓴다는 것은 결국 세상을 조금 더 천천히, 조금 더 깊게 바라보는 일이라는 것을 자연스럽게 배우게 되었다.

또한 이 수업은 우리에게 '표현하는 용기'를 가르쳐 주었다. 자신의 감정과 생각을 글로 드러내는 일은 생각보다 쉽지 않지만, 선생님께서는 결과보다 과정을, 완성도보다 진심을 중요하게 여겨주셨다. 그 덕분에 우리는 평가에 대한 두려움보다는 솔직함에 집중할 수 있었고, 서로의 시를 존중하며 듣는 법도 배울 수 있었다. 교실 안에서 나누었던 그 시간들은 우리 각자의 마음에 작은 흔적으로 남아있을 것이다.

우리들의 시

서윤교 학생의 「시」라는 제목의 시다. 우리는 모두 이런 마음으로 시를 썼음을 감히 자부한다.

'시를 쓸 때 나는/ 마치 윤동주가 된 것 같다/ 한 줄 한 줄 써가며 써가며/ 되뇌며 되뇌며 나만의 글을 쓴다/ 잘하고

있는지 모른다/ 그저 나의 이야기를 쓸 뿐/ 하루 중 가장 값비싼 시간일지 모른다'

우리 편집위원들은 이 시선집을 편집하는 과정에서 친구들의 시를 모두 읽어볼 수 있었다. 그러면서 친구들의 시 소재나 창작 특성 등을 알 수 있었는데, 각자의 개성이 톡톡 튀는 좋은 시가 많았다. 수행평가로 일인당 창작한 시 6편 중 3편씩 선정하는 과정에서 훑어본 시들 중 소재 면에서는 학생으로서의 일상을 다루는 시가 가장 많았는데, 그 중에서도 공부로 인한 스트레스, 좋아하는 음식 등 여러 가지 소재를 확인할 수 있었다. 대학 입시를 준비하는 학생으로서 자신의 학업적 스트레스를 시에 표현하는 것은 엄연히 자신의 경험을 시에 녹여낸 것이므로 자연스러운 일인데, 같은 소재를 다루고 있더라도 자신의 꿈과 희망을 다지거나 일상 속 작은 행복을 찾아내어 스트레스를 해소하는 등 시가 추구하는 방향에서 다양성을 엿볼 수 있었다. 학생으로서의 일상 외에도 자신의 꿈이 인기가 많은 소재였고, 꽃, 분필과 같이 일상생활에서 우연히 관찰하게 된 물건을 논하는 시도 많이 찾아볼 수 있었다.

김규민 학생의 시 「이제는 사라진 곳에서」는 진솔한 상황 묘사와 감정 표현이 두드러지는 작품으로, '이제는 없어진/ 친할머니 집에 가자' 또는 '하지만 무참히 갈려버린 그곳에서/ 찢겨진 추억 몇 장을 찾을 수 있다' 등 특별한 문학적 표현이 잘 드러나진 않지만 깔끔하고 솔직한 표현은 그 자체로 공감을 유도한다.

편집을 끝내며

우리 편집위원은 시 창작에 참여한 모든 친구들이 수행평가로 제출한 1, 2학기 6편의 시를 모아 선정, 교열하고, 친구들의 자기소개를 넘겨받아 입력하여 시선집 원고를 완성하였다. 시 창작 수업에 참여한 다른 학생들은 해보지 못한 우리만의 특별한 경험이었다. 박수진 선생님과 한 테이블에 앉아 시를 선정하고 교열하는 과정 자체는 시간도 오래 걸리고 힘들었지만, 우리가 시 창작 수업에서 나온 성과를 모아서 정리하는 재미있고 보람찬 작업이었다. 마치 사관이 역사 자료를 정리해 실록을 쓰던 것과 같은 경험을 할 수 있었다. 결과물로 나온 이 책은 시를 잘 쓰는 52명의 작품집이라기보다는, 시를 통해 성장한 52명의 기록에 가깝다고 할 수 있다. 처음에는 지루하게 느껴졌던 수업이 어느샌가 기다려지는 시간이 되고, 막연했던 시가 하나의 예술로 다가오게 된 변화는 시 창작 학생들 모두가 함께 만들어 낸 것이다. 그 중심에는 늘 시에 진심인 박수진 선생님이 계셨다.

이렇게 시 창작 수업의 대장정을 마친다. 이 책이 그 시간들의 마침표이자, 누군가에게는 또 다른 시작이 되기를 바란다. 김창록 학생의 시 「쉬는 시간의 하늘」 일부를 인용하여, 고3이 될 친구들의 꿈을 다시 한번 응원하고 한 해의 마무리의 마음을 전한다.

'나는 매일 숨 가쁘게 달리지만,/ 저 하늘은 느긋하게 나를 기다린다./ 조급한 마음을 내려놓으면/ 언젠가 저 하늘 아래에서/ 내 꿈도 천천히 모양을 잡겠지.'

2025년 12월 학년을 마무리하며
시 창작 수업을 함께한 학생 52명을 대표하여
편집위원 권현우, 김규민, 김창록 씀

나는 …

시 창작 4반

- **김성욱 (20401)**

    소설을 읽으며 자신만의 세계를 펼치는 것을
    좋아합니다. 꿈속에서 영감을 얻으며 소설을
    제 생각과 해석으로 각색하는 것도 즐거워합니다.

- **김예준 (20402)**

    영어를 우리나라 말로 해석하는 것을 좋아합니다.
    운동을 좋아해서 체육 시간만 되면
    친구들과 함께 운동을 합니다.
    사람들에게 도움이 되는 존재로 살아가고 싶습니다.

- **김주원 (20405)**

    새로운 것에 도전하는 걸 좋아합니다.
    정해진 틀에 박혀 있는 네모 모양에 삼각형
    두 개를 꿉고 싶어 하는 그런 사람이 되고 싶습니다.

- 김제겸 (20404)

  일단 일을 저질러 모든 사람이 자유로운 것임을,
  해보지 않고 까내리는 것이 얼마나 어리석은 것임을
  최근에 알게 된 것이 안타까운 고등학교
  2학년입니다. 앞으로 살아갈 인생을, 오글거림을
  낭만으로 생각하는 사람들로 채워보고 싶어요.

- 남주영 (20407)

  사소한 감정과 일상의 순간을 그냥 지나치지 못하는
  사람입니다. 마음 한구석에 오래 남은 말까지
  붙잡아 두었다가 글로 옮깁니다.

- 박준협 (20408)

  스포츠를 좋아하는 고등학생입니다.
  친구들과 운동할 땐 늘 구박만 받지만
  더 나아지기 위해 하루하루 노력하고 있습니다.

- 변유준 (20409)

  멀리서 관찰하는 것을 좋아합니다.
  그 대상을 섣불리 주관적으로 판단하지 않고 멀리서
  지켜보며 신중히 판단하는 게 중요하다 생각합니다.

- 장효준 (20417)

  '이상' 과 문학을 사랑합니다. 때로는 낭만과 철학이
  필요하다고 생각합니다. 따사로운 햇살과 바람이
  드는 시간이 있을 테니까요.

- 한성진 (20420)

  돈 많은 백수가 되고 싶은 고등학생입니다.
  남들이 하지 않고 모르는 분야를 아주 깊게
  알고 싶어 합니다.

- 황윤종 (20422)

  집을 좋아합니다. 잠자거나, 게임하거나
  운동하는 것을 좋아하고요, 혼자 살면서
  많은 일을 겪어본 고등학생입니다.
  경제, 경영학과에 입학해 졸업하여 나중에
  사업가가 되고 싶은 꿈을 가지고 있습니다.
  시 쓰기나 책 읽기를 취미로 가지고 있으며
  좋아하는 과목은 사회와 영어입니다.
  조용한 곳을 좋아하며 혼자 있는 것을 좋아하고
  나중엔 해외에 나가서 살고 싶습니다.

- 박준성 (20610)

  능인고 2학년 6반 10번

- 김호연 (20608)

    이상에 대한 자신의 생각을 비판적으로 말하는 것을
    좋아합니다. 자신을 더 나은 사람으로
    만들고 싶습니다.

- 박건우 (20609)

    상상에 불을 붙여 미래를 그려나가는
    꿈을 가졌습니다.

- 성동욱 (20611)

    가식 없는 삶, 솔직한 삶, 진솔한 삶을
    추구하는 학생입니다.

- 임도균 (20615)

    2학년 6반 15번 임도균입니다.

- 정은찬 (20618)

    자연을 좋아합니다. 조용하고 적적한 환경에
    자연 풍경 보는 걸 즐거워합니다.

- 조주영 (20619)

  하늘을 찌를듯한 빌딩들과 거리를 가득 채우는
  네온사인이 가득한 도시를 좋아하며,
  인류가 지구를 넘어 우주의 땅을 밟도록
  만드는 것이 제 꿈입니다.
  귀에서부터 온몸으로 전해지는
  도레미파솔라시도의 음악도 좋아합니다.
  앞으로 인생에서 수십 번의 4개의 같은 계절을
  보내겠지만 모두 색다른, 추억으로 남을
  아름다운 계절을 보내고 싶습니다.
  시를 쓰는 것은 결국 내 마음만의 글을
  꺼내는 것이니 마치 펜을 마음이 잡고
  시를 적어 내려가는 것입니다.

- 최태윤 (20620)

  세상에 거창한 것들보다 작은 것에 집중하는
  편입니다. 보통 사람이 생각하지 않는 가치들에
  대해 생각하고 이상적인 것과
  현실의 조화를 추구합니다.

시 창작 8반

- 강서우 (20801)

    운동, 수학, 잠자기 등을 좋아하는 학생입니다.
    가을을 좋아해서 가을에 관한 풍경 같은
    것을 좋아합니다.

- 강승우 (20802)

    친구들과 탁구 치는 것을 좋아하는 학생입니다.
    미래에 사람들과 협력하는 능력이 좋은
    대학생이 되고 싶습니다.

- 강지훈 (20803)

    이 사회는 불합리합니다. 물론 내가 하고 싶은 것을
    항상 할 수는 없고, 하고 싶지 않은 것을
    누군가는 해야 합니다. 하지만 그 부담이
    항상 같은 사람들에게만 반복적으로
    전가되고, 그 과정이 정당화조차 되지 않을 때,
    우리는 그것을 단순한 '현실'이 아니라
    '문제'로 인식해야 합니다.

- 권현우 (20805)

  뭐든지 배우고 싶은 것이 많은 학생입니다.
  수학, 과학을 주로 공부하며, 지리, 역사 등
  다른 분야에도 관심이 많습니다. 하고 싶은 것은
  많지만 시간이 부족한 것이 안타깝습니다.

- 김규민 (20806)

  급격한 변화보다 안정적인 것을 추구하지만
  그 속에서 가능성을 발견하고 작은 변화를
  이룰 수 있을 때 희열을 느낍니다.

- 김동률 (20807)

  생각이 많아지는 순간을 좋아하는 학생입니다.
  과학과 공학 이야기를 특히 좋아하고,
  일상 속 궁금증을 끝까지 파고드는 편입니다.

- 김민재 (20808)

  자주 쪼그라드는 소심한 사람입니다. 마음을 넓히고
  대담해지는 공부를 하는 중입니다.

- 장은준 (20817)

  축구하는 것을 좋아합니다.
  시와 책에 푹 빠져 살고 싶습니다.

- 김승환 (20809)

  소나기를 좋아합니다, 짧은 시간에 세상을
  많이 적시고 싶어서. 비를 맞는 것과
  비 내리는 모습을 감상하는 것, 모두 좋아합니다.

- 김준서 (20810)

  농구를 좋아하고 미래를 상상하길 좋아하는 평범한
  학생입니다. 앞만 바라보다가 놓친 것들을
  돌아보며 다시금 그것들을 사랑하며 살고 싶습니다.

- 김창록 (20811)

  호기심이 굉장히 많고 지적 탐구를 하는
  열정적인 학생입니다.
  미래에 창의적인 일들을 많이 하고 싶습니다.

- 양승헌 (20815)

  일상의 사소한 감정들과 순간을 언어로 붙잡아
  두는 시를 씁니다. 말로 다 하지 못한 마음을
  시 속에 조용히 남기고자 합니다.

- 조민건 (20818)

  세상에 대한 모든 것을 좋아하는 학생입니다.

- 안도현 (20814)

    나는 문제를 단순히 받아들이기보다 구조적으로
    해석하고, 그 안에서 새로운 관점을 찾아내는 데
    장점을 지닌 사람입니다.
    복잡한 현상이나 개념을 논리적으로 분해하고,
    각 요소 간의 관계를 체계적으로 재구성하는
    과정에서 사고의 즐거움을 느낍니다.
    이러한 사고방식은 창의성과 논리성이 결합된
    나만의 문제 해결 방식으로 이어집니다.
    INTP 성향답게 즉각적 결론보다 깊이 있는 탐구를
    중시하여, 표면적인 답보다 "왜 그런가"를
    끊임없이 질문합니다. 정해진 틀에 머무르기보단
    새로운 가능성을 가정하고, 다양한 시나리오를
    비교 및 분석하는 데 익숙합니다.
    이 과정에서 독창적 아이디어를 논리적으로 정제해
    설득력 있는 결과로 발전시키는 능력을
    갖추게 되었습니다.

- 이무형 (20816)

    일상 속에서 쉽게 찾아볼 수 있는 것에 관심이
    많습니다. 사소한 것들의 가치를 소중히 여기고
    사람들이 쉽게 지나치는 것에도 관심이 많습니다.

- 조성빈 (20819)

  상상에 잠긴 괴짜, 낭만에 잠긴 사나이,
  자유로운 영혼… 등등 알다가도 모르겠는
  다면적인 사람입니다.
  세상을 한층 더 정의롭게, 평화롭게,
  행복하게 만들고 싶습니다.

- 홍진서 (20821)

  스포츠를 좋아합니다. 글쓰기는 그렇게 좋아하지
  않지만 어릴 때처럼 글쓰기에 거부감이 없어지려고
  노력하고 있습니다.

- 양지훈 (21110)

  음악을 좋아하고
  새로운 것을 배우고 반복하여
  잘하게 하는 것을 좋아합니다.

- 김민혁 (20207)

  거센 바람에도 무너지지 않는 강철 심장의 소유자.

  오늘도 나만의 시를 완성해 나가고 싶습니다.

- 서윤교 (20210)

  혼자 있기를 좋아하는 그저 평범한 학생입니다.

  무엇이든 될 수 있다고 믿으며 열심히 살고

  있습니다. 꿈을 이루고 이 순간을 되돌아보았을 때

  웃음 지을 수 있는 나날들이 되길 바랍니다.

- 신재훈 (20212)

  매일 시리얼을 먹습니다.

  오늘은 집에 가자마자 자기 전까지

  쉬지 않고 게임을 할 겁니다.

- 이동훈 (20215)

  게으르고 머리 쓰는 걸 싫어하는 사람입니다.

  하지만 내가 좋아하는 것을 할 때는 그 누구보다

  열정이 넘치는 사람이 됩니다.

- 전승호 (20220)

  바텐더의 꿈을 가지고 있는 사람입니다.
  그 사람의 감정을 담은 칵테일을 내주며
  여러가지 공감을 해주는 것을 좋아합니다.

- 최민준 (20223)

  말로 다 담기지 않는 생각들을 붙잡고 싶어
  글을 씁니다. 좋아하는 것을 끝까지
  좋아하려고 합니다.

- 김승원 (20906)

  문학인이 되는 것이 나의 꿈입니다.
  누군가라도 이 시를 읽어준다면,
  그래서 감동을 받았다면, 그저 저는 행복합니다.

- 김정원 (20909)

  저는 생각이 많은 편입니다. 많은 생각은 저를
  흔들기도 하지만, 동시에 더 깊이 고민하고
  성장하게 만드는 원동력이 되기도 합니다.
  제가 목표로 삼은 일은 끝까지 해낼 수 있다는
  자신감을 바탕으로, 하루하루를 최선을 다해
  살아가고자 노력합니다.

- 이승훈 (20914)

  잠자는 것과 게임하는 것을 좋아하고,

  요리하는 것을 더 좋아합니다.

- 전재영 (20918)

  행복을 찾아 행복을 잠시 잊으려 합니다.

  행복이 찾아올 그날까지 잠시.

- 정경준 (20920)

  잠자기를 좋아합니다. 다양한 사람을 돕고 싶은

  마음으로 살아가고 있습니다.

- 김성호 (21204)

  사물을 오랜 시간 깊이 관찰하여 하나에서

  많은 생각들을 만들어냅니다. 항해사가 되어

  항해를 할 때 노을을 보며 시 읽는 것이 로망입니다.

- 김혜준 (21207)

  학교에서 잠시 동안 시를 짓던 시간은

  내게 휴식을 갖게 해준 시간이었습니다.

  시 창작을 통해 얻은 정서적 휴식은 분주한 일상에

  피난처 같았으며, 고교 시절을 되돌아볼 때

  떠오르는 빛나고 특별한 기억으로 남을 것 같습니다.

- 이건후 (21213)

  저는 축구를 좋아합니다. 평소에 하고자 하는
  것들을 위해 노력하고 끈기가 있다고 생각합니다.

- 조승준 (21220)

  작은 것들에서 아름다움을 발견하고, 따뜻한 마음을
  가진 평범한 학생입니다. 호기심이 많다는 특징이
  있죠. 제 시가 저의 솔직한 감성과 시선들을 나누고,
  당신의 마음에 작은 울림이 되기를 바랍니다.

2025 능인고등학교 시창작교실 시선집

꿈은 나를 세운다

발행 | 2026년 2월 2일

지은이 | 능인고등학교 시창작교실 52명
엮은이 | 박수진
편집위원 | 권현우 김규민 김창록

펴낸이 | 신중현
펴낸곳 | 도서출판 학이사
출판등록 | 제25100-2005-28호

　　대구광역시 달서구 문화회관11안길 22-1(장동)
　　전화_(053) 554-3431, 3432　팩시밀리_(053) 554-3433
　　홈페이지_http://www.학이사.kr
　　이메일_hes3431@naver.com

ISBN_979-11-5854-604-5　03810